어머니께 말씀드리죠

황금알 시인선 42

어머니께 말씀드리죠

초판인쇄일 | 2011년 3월 21일
초판발행일 | 2011년 4월 5일

지은이 | 이수영
펴낸곳 | 도서출판 황금알
펴낸이 | 金永馥
선정위원 | 마종기 · 유안진 · 이수익
주 간 | 김영탁
디자인실장 | 조경숙
제작진행 | 칼라박스
주 소 | 110-510 서울시 종로구 동숭동 201-14 청기와빌라2차 104호
물류센타(직송 · 반품) | 100-272 서울시 중구 필동2가 124-6 1F
전 화 | 02)2275-9171
팩 스 | 02)2275-9172
이메일 | tibet21@hanmail.net
홈페이지 | http://goldegg21.com
출판등록 | 2003년 03월 26일(제300-2003-230호)

ⓒ2011 이수영 & Gold Egg Publishing Company Printed in Korea

값 8,000원

ISBN 978-89-91601-98-7-03810

어머니께 말씀드리죠

이수영 시집

황금알

| 시인의 말 |

망설임 끝에 다섯번째 시집을 엮는다.

시편마다 그간 만났던 사람들의

따뜻한 숨결이 집힌다.

부끄러움 속에서 이 시집을

그 분들 앞에 펼쳐 놓는다.

그러나 가장 먼저 어머니의

환한 웃음심 앞에.

차 례

3부

1부

찰나

흰 명주를
피륙째 펼쳐놓은 듯
강 물빛이 하얗게 반짝거리면

깨끔한 얼굴
열엿새 달
낙타봉의 능선을 기어오르고

어둠을 배기 시작한 산이
새끼를 칠 때마다
울컥 먹물을 하늘가에 토해낼 때

고라니 한 마리
가일의 장원 억새 우거진 덤불 속에서
순진스레 길을 물어오는

내가
나를 용서하고 싶은 지금
너를 용서하고.

나를 봉인한다

기온이 영하로 뚝 떨어져
해묵은 잎사귀 내려놓은 베자민
그 옆에서 철쭉은 푸, 하— 푸, 하—
가지 끝마다 흰 꽃 소리 사태 나다

일용할 양식을 구하러 나가
라모의 조카
(오래 기다렸다)
피터 팬
(팅커벨을 다시금 느끼고 싶어)
책만 두 권 달랑 사다
배부른 가방 옆구리에 끼고
스타벅스에 앉아 편지를 쓰다

귀한 '손님'을 보내준 원서헌에
'어떤 표정'을 내민 석동에
내게 정성인 벗에게
끝으로
얼마 전 통화중에 내 귀를 울린 목소리

“이젠 늙었나보다. 네가 많이 보고 싶어-”
사랑하는 나의 아버지!
나를 통째로 봉인한다.

그 골목이 사라졌다
그 골목은 이제 눈앞에 없다
어디로 옮겨 간 것일까
혜화동, 우체국 파출소 동양서림 그대로인데
고가차도가 철거되고
그 일방통행 아래에 있던
봉분도 어느 날 갑자기 없어졌다
비둘기 떼도 보이지 않는다
한낮의 뾰족한 햇살은
무의식까지 두들겨 깨우는데
여기는 완전 이국땅이다

저 아가씨에게 물어보려 가까이 간다
아, 나의 언어들아
너희들 가시가 되어
목울대를 넘지 못하는 구나
꿈속에서처럼
끝내 입술을 열고 나오질 못하는구나

부슬비 내리는 아침
진눈깨비 뿌리는 아득한 오후
언제나 구부정한 어깨엔 숄더백을 걸치고
230밀리 굽 있는 구두를 신던
볼사리노 모자가 사라졌다
내일 모레면 피나 바우쉬가 내한
봄의 제전은 열리는데
텅 빈 혜화동 로터리,

권진규의 비구니

살색은 여전히 고요하나

형형한 눈빛은 단호함 말씀을

- 마지막은 있는 법이죠,

여린 흰 손이 한라봉을 쪼갠다

- 작은 게 훨씬 맛이 좋군요?

목소리가 달다

- 수삼잣죽의 레시피는 어떻게 되죠?

지팡이의 말

아르보 가르트의 '거울 속의 거울'
들어봐요
첼로와 피아노가 단잠을 선사하리니
한숨 푹 자고나면
기분도 많이 좋아지겠죠
천천히 눈을 뜨게 되면
세바스찬 바흐의 '바빌론 강가에서'를
질버만 오르간 연주로 다시 듣는 거예요
비라도 내리면
강물이 엄청 불어난대도
서두르지 말아요
은세공銀細工이 아름다운 지팡이가 말하네요
"다음 정거장에서 만나면 되는 거죠!"

셰헤라쟈데를 듣다

모리스 코르사코프의

울음 떨어지는 바이올린으로

셰헤라쟈데를 듣는다

불멸의 시를 써가며

목숨 부지하는

지상의 한 영혼.

카라얀의 손

카라얀의 손가락들이 노래한다
카라얀의 손가락들은 수줍음이다
징을 때리는 솜방망이,
문풍지 울리고 달아나는 바람같이
보일 듯 아니 보이는
머리에서 손으로 전달되는
그 신비로운 검지의 표정으로
샤갈의 청어를 그릴 수도 있겠다
카라얀의 열 손가락들,
마지막엔 제 몸 살라버려
킬리만자로의 눈 알갱이로 다시 태어난다
불멸을 꿈꾸는
시인의 영혼
그 가슴 속으로
내달리며 춤추며 토해내는
인생교향곡,
카라얀의 손가락들은 연둣빛 새순이다.

모자

파랑과 연한 주황 등이 제대로 섞인
머릿수건,
직사각형과 반원과
꼭짓점이 깜장인 이등변 삼각형으로
그의 머리는 기하학
머리 뒤에서 적당히 동여맨
천의 날개가
장자의 나비모양 팔랑 거린다

팔랑거리는 나비를 쫓아간다
오늘,
장자의 그 나비를
나의 긴 머리칼 위에 꽂아 본다.

몸 가까이

잠 못들고
밤새 뒤척이며
섧은 듯 눈은 내렸습니다
아침나절 따뜻한 차 한 잔 마주하고
얼어 있던 가슴 겨우 쓸어내리고 있을 때
전화벨이 울렸습니다
―그이가 돌아가셨습니다

(여보세요―알코올과 약솜을 챙겨주세요)

점점 무겁게 내리는 눈발
벌써 한 자 가웃이 넘었습니다
야속한 눈발, 그런데도 어쩌면 나,
환한 얼굴로 여기에 서 있을까요
그의 몸 가까이
그의 흔적 가까이

(여보세요―오―오―오―오―오)

순한 선물

연하고 순한 빛깔의
부추를 한 닢 두 닢 딴다
처음부터 그랬고
지금도 날탕내 진동하는
날것을 한 줌 가지런히
편지봉투 속에 넣는다
에어백으로 포장 한다

봉투 안은 편안하다
나의 신앙을 드릴 일만 남았다.

서울을 다시 쓴다

최현

김영태

신현정 이탄 목순옥 전숙희 박완서

서울을 다시 쓴다 이제 나는 서울의 지도를 다시 그린다
올라갔다 내려갔다 성가셨던 구름다리 대신 흙을 편안
히 밟고
건널목을 건너간다 이제 나는 내 수첩 속의 살아 있는
이름들의
지도를 다시 그린다 내 손으로 지울 수 없는 운명들 그
이름들
앞에 용서를 구한다 삭제하는 만큼 새로이 채울 이름
들은 없다
빈 들판에서 서울의 한 귀퉁이 역사를 다시 쓴다.

흑단黑壇의 눈물

침상에 밤은 깊어도
뒤척이는 아버지의 옛날이 있다

구십굽이 등줄기에 나는 기침소리
파랑을 어루만지는 두 손
쓸쓸한 손가락들

묻힐 자리 스스로 선택해
가묘를 서두르는 아버지
실낱같은 웃음 한 점에 걸린 노을
속으로 가라앉는다
깊고 깊은
짠물이 주는 편안함 속으로

입동이 지나면
동지가 지나면.

그런 사랑 하나
— 동생

생각나면
온몸이 눈물주머니가 되는
그런 사람 하나

그리움은 봄날의 향기로운
꽃처럼 돋아나고
애틋하여라
목숨이 붙어있어 살아가느니

막다른 골목에서처럼
잠시 아득해지기도 하는
울림의 목소리

전선을 타고 흘러드네
온몸이 짠물에 잠기고 마는
그런 사랑 하나.

어머니께 말씀 드리죠

유씨劉氏 성에 민敏 자 호浩 자
6 · 25때 납북된 막내 명재 외삼촌도
6 · 25때 떠나보낸 첫 아들 덕기 생각도
오늘은 잠시 잊으시고
어머니 좋아하는 가지 요리를 즐겨보세요
고기소의 양념은 입에 맞으시는지요
뱅어포구이는 또 어떠신지요
무와 당근을 동글동글하게 깎고 다듬어
밤과 함께 인삼뿌리를 넣은
갈비찜은 어머니의 가르침대로 되었는지요
—제 손도 어머니의 손을 닮았으면 좋으련만
음식도 정성이 최고의 맛을 내는 거라고
늘 말씀하셨죠
새뱅이 지짐을 좋아하시는 어머니
오늘은 바로 어머님 생신이기도 한걸요
약식과 수정과를 드시지요
어머니.

잣불 축제

할머니와 아버지 엄마와 우리 형제들이 응접실에 둘러 앉았습니다 티 테이블에 놓인 대바구니 안에는 잣들이 그득합니다 막내가 제일 먼저 바구니 안에 손을 넣어 이 것저것 골라 봅니다 내 차례가 왔습니다 할머니가 가르쳐 준대로 말갛고 투명하게 노르스름한 기름기가 도는, 살이 많고 단단한 갸름하게 생긴 잣을 하나 집어 듭니다 잣은 고깔을 떼어내고 그 자리에 있는 아주 작은 구멍에 다 바늘의 끝을 살며시 밀어 넣습니다 식구가 저마다 긴 바늘에 꽂은 잣을 들고 성냥을 그어 조심스레 불을 붙입니다 그때쯤 미자씨는 방안의 전깃불을 모두 끕니다 미자씨는 지금부터 우리들의 심판관이 됩니다

나는 깨끗하게 타오르는 식물성 기름의 냄새를 코로 음미하면서 오른손을 가슴에 올려놓고 눈을 감습니다 나의 소원은 할머니가 우리들 곁에 오래 오래 있는 것입니다 나는 하나님께 떼를 쓰며 기도 합니다 엄하고 무섭지만 할머니는 우리 집의 지붕입니다 할머니는 우리들의 하늘입니다 미자씨가 신이 나서 소리칩니다 성규 꼴등! 조금 지나자 엄마의 잣불도 꺼졌습니다 다음은 영진이,

아버지, 막내 그리고 나

할머니의 잣불은 여전히 건강하게 타고 있습니다 할머니의 잣불은 한참을 더 갔습니다 미자씨는 할머니의 어깨를 주무르고 우리는 빈대떡을 젓가락으로 가르며 할머니의 덕담을 듣습니다 아버지와 나는 물만두를 초간장에 찍어 입으로 가져갑니다 할머니의 얼굴은 사슴같이 생겼습니다 사람들은 사슴상이라고 말합니다 할머니는 미자씨에게도 좋은 사람 만나서 결혼하라고 축언을 해 줍니다

오늘 밤은 일찍 자면 눈썹이 하얘지는 날입니다 집게손가락으로 눈꺼풀을 밀어 올리던 막내가 이내 잠에 떨어졌습니다 배도 부르고 정신의 양식이 충만한 밤 이 밤을 건너면 지금 나이에 하나를 더해야 합니다 옷장 위에 놓인 색동저고리가 눈이 부셔 잠이 쉽게 올 것 같지 않습니다 잣불 축제는 끝이 났습니다.

오늘의 날씨

런던 – 구름 조금 2도에서 8도

모스크바 – 구름 많고 영하 9도에서 영하 4도

베이징 – 쾌청 영하 1도에서 영하 9도

도쿄 – 맑다가 비 조금 뿌림 8도에서 15도

호놀룰루 – 쾌청 21도에서 29도

LA – 쾌청 11도에서 20도

뉴욕 – 구름 많고 5도에서 13도

리우데자네이루 – 구름 조금 19도에서 31도

멕시코 – 쾌청 5도에서 28도

시드니 – 쾌청 13도에서 25도

싱가포르 – 구름 많고 24도에서 31도

카이로 – 쾌청 10도에서 20도

로마 – 쾌청 4도에서 15도

파리 – 구름 많고 영도에서 7도

서울 – 맑다가 구름 많겠고 2도에서 8도

해뜸–07:45 해짐–17:20

달뜸–11:39 달짐–23:30

그대에게 내 마음을 보내 드립니다.

2006. 12. 26. (음력 11월 7일)

가슴으로 쓰는 시

엄마는 식빵을 두툼하게 썰어
후렌치 토스트를 준비 합니다
커다란 접시 위에 잘 구운 빵을 올리고
메이플 시럽으로 종을 그린 뒤
슈거 파우더를 솔솔 뿌립니다
금빛 햇살이 잘랑잘랑 아가의 목덜미에 환합니다

아빠는 어린 아들과 함께 목욕을 하고
토마스 파자마를 입혀 침대로 향합니다
―오늘은 뭐 읽어줄까?
―노래 해줘
―무슨 노래?
―런던 브릿지 훨링 다우우운
―런던 브릿지 훨링 다운 훨링 다운 훨링 다운
 런던 브릿지 훨링 다운 마이 훼어 레디―
악보에도 없는 도돌이표를 아빠는 계속 이어갑니다.

잠시 고요해진 틈에
할머니는 손자의 방으로 갑니다

아가의 이마 위에 손을 얹고 기도 합니다
-함머니, 너 할버러지 집에 갈거니?
-그래
-언제 가는 거야?
-음, 내일 모레……몇 밤 더 자고
-가지 말라 이잉! 내가 너 많이 보고 싶을 거야, 함머니!

창밖엔 보름달 눈 시려 눈이 시려
정원에 우두커니 서 있는 스노우 맨에게
아가의 꿈속으로 걸어 들어가
한바탕 매직을 선사 해달라 부탁을 해 봅니다.

새벽 세 시 자화상

휴대폰을 눌러 세계 시간을 본다 뉴욕 토론토 낮 한시 그들은 지금 한창 바쁘게 일 하겠군 무장해제 시킨 이불 속의 알몸이 대낮의 풍경 속으로 걸어 나간다 어린 나이의 시간들은 부끄러움을 타지 않는다 슈미즈를 입고 집 안을 돌아다녀도 한겨울에 춥지 않았던 까닭, 휴대폰을 눌러 전화 통화 시간을 본다 총 통화 일백팔십육 시간, 발신 통화 일백십칠 시간, SMS 발신건수 일천오백육십팔 건, 근 오년 새 나의 입김이다 지구를 몇 바퀴 돌고도 수성에서 목성, 화성에서 해왕성까지 벌거벗고 나돌아 다닌 시간들이 이집트의 미이라처럼 순장되어 있다 금속의 거대한 밀실 안에서 보는 부끄럼의 자화상들.

2부

우송 산방

아미산 자락에 뿌리내린 적송
엄나무 흰 꽃그늘 아래
라흐마니노프를 들으며
제 동족을 그리는데
100살, 200살, 350살
오늘은 500살쯤 신령한 소나무
살가죽을 뜬다
투두두 탁탁탁
몸통으로부터 떨어져 내리는 비늘들
꿈틀거리며 무섭게
슬로우 모션으로
널려 있던 비늘조각들 하나 하나
마침내 용틀임 시작하면
산방을 지키는 가로등 눈빛 환해진다
마당바위 열 오른 이마 내민다
지붕 위에선
북두칠성과 카시오페아,
미처 이름 불러주지 못한
뭇 별들의 길이 생겨나고

멀리 서해대교
무지개빛 비즈가 박힌 야회복을
화려하게 갈아입는 중
간간이 두견새 울고.

사랑, 5천 년 미이라

2차방정식을 풀 때처럼
단순명료하게
기하학의 문제를 유추해 낼 때의
흥분과 열정으로
집합을 구할 때의 진실함,
미분 적분을 계산할 때는 온 머리로
그렇게 사랑에 몰두했지
아, 바람은 아무렇지도 않게 나뭇가지를 스쳐가네
5천 년 한 쌍의 미이라를 스쳐가네

티벳에서 사라져버린
구게왕국의 도시 사파랑
전설의 저 안쪽
텅 빈 왕궁 터와 돌의 동굴모양
해골이 된 그 사랑이
창창히 흐르는 혈관의 피와 뽀얀 살결을
입혀 달라 입혀 달라
오늘 내게 그리 들리네.

초록 일색이

산색 부드러워지고
도토리 익어 땅에 떨어진다
비탈길 걸을 때마다
정강이 할퀴던
쐐기풀 마냥 순해지는
처서가 내일 모레

끝 간데없이
뻗어나갈 듯
내닫기만 하던
독재,
한풀 꺾이다.

가을 수락산

초대하지 않은 손님 한 분
어린 동자들과 함께
내 집 베란다에
가부좌로 앉아 계신다

동틀 무렵
혹은 해거름에도
내 손에 잡히는 법 없는
그분의 화두
이 뭐꼬?

모른대도 그냥
거실에서
안방에서 서재로
빈 웃음만 가지고

하, 가을이다.

감각

소복을 한 젊은 여인의
청승이 넘쳐나는 몸매,
수다가 만발한 작약 같은 시
몸겨누운 자리가 처절한 상흔으로
주위를 어지럽히기도 하는 자목련 같은 시
(이빨로 쓰는 시는 곤란해)
치자 꽃 같은 시는 어때?
센티멘털한 향기에 홀려 쫓다가
사랑하는 이를 잃어버릴 수도 있는
자스민 꽃향 같은 시
적당한 어둠의 농도로
얼어 있는 마음 따뜻하게 안아주는
얼그레이 티를 닮은 시,
아라미스 향이 덮쳐 올 때면
성감대가 부풀어 오르는 그런 시가 좋아
좋아서 부레가 된다

앵커리지를 지나
날짜변경선을 넘고

태평양을 헤엄쳐 건너간다
섣달 그믐밤의 나의 시는.

솔라닌

우주로 통하는 문
그 비상구를 알고 있는 나
푸른 독은
죽어가는 별들의 눈물이다
살을 찢고
몸을 온전히 비운 뒤에야
비로소 얻는 보라
청보라
예수가 자신을 완성하기 위해
몸을 버렸듯이
우주로 통하는 문
그 비상구를 알고 있는 나는
푸른 독
새로 태어나는 별들의 노래이다
거룩하고
거룩하게
오늘도
무덤에서 폭발한다.

순환선 그 미끄러움

슬라이스가 나거나
훅일 수도 있는데
이 궤도는 검인정 교과서다
43개의 해답이 적혀 있는
모범답안지다
열일곱 번 문이 열리고 닫히는 사이
방사선으로 뻗힌 길 위에다
비계 덩어리 한두 점씩 내려놓는다
처음은 그래서 미끄럽다
(미끄러우면 대수냐)
고분고분 살아라
동그랗게 흔들리는 세상
버리고 다시 주워 담기.

환승역 그 폭포

물이 뛰어 내린다

비린내 나는 살 갈갈히 찢으며

혁명가처럼 구호를 외치고

우렁차게 호령을 하면서

― 왔던 길 되돌아가는 법은 없어!

분자와 분자가 만나 일으키는

푸른 꽃, 광에네르기

몸 가득 칸칸이 싣고 떠난다, 바다로

저 물,

신세계 新世界

이대로 날아올라라
우주 정거장으로 가자
그를 만나 도킹에 성공한 다음
지구를 한 바퀴 돌아
화성으로 가는 거다
아마릴리 포피 리시얀샤스
별 하나를 통째 꽃밭으로 가꾸는 일
누가 뭐래도

100번 순환고속도로
시속 130km로 달린다
청계터널을 벗어나 속력을 낼수록
차체는 더욱 안정감 있게
도로표면에 밀착되고
지붕 위에선 비행기 소리 난다
저항으로 뭉친 쇳소리
무섭다 물러서는 발자국들
무섭다 통통하게 불어 눈에 매달리는
하느작 하느작 벚꽃이 피었다 진다

체중의 무게감은 제로
자동차 또한 그러하다
이대로 날아올라라
우주 정거장으로 가자.

자유로운 저녁

황금비율이 다 무어냐
바쁠 것도
따져 물을 일도 없겠다
'가을 계면조 무게'
호숫가
담채의 버드나무 세 그루
난만한 생가지들이 합성해 내는
4차원의 세계
여기에 날것에의 비릿함까지
물 위에
물 아래 그 어디에도
언어의 꼴은 보이지 않는다
천둥 번개가
한번쯤은 지나갈 법도 한
그러나 폭력을 끌어안은 창문,
유리 액자에 담긴
4차원의 풍경 한 점,
문지방 앞에 엎드려 있던 자유로운 저녁,
말 없음 …… 까지.

막간

검정 실크넥타이가 내려온다
검은 리본의 긴 생머리가 흔들린다
까만 가죽의 서류가방이 배를 내밀고 하품을 하면서
층계를 두 칸씩 주름 잡는다
주황빛 도는 빨강의 반소매 티셔츠가 내려온다
아무렇지도 않게 숨을 쉬면서, 그러나 어쩐지
쿠데타라도 일으킬 것 같은 저 표정!
24시간 편의점 문 안쪽으로 빨려 들어간다

찰찰찰 에스컬레이터 쇠줄이 감기는 소리
잡아당겨 봐, 고무줄처럼 늘여 봐
천국과 지옥 사이의 간격을
찰찰찰 에스컬레이터 앙다문 이빨들 풀리는 소리
검정 치마저고리가 올라간다
검정 하이힐과 검정 구두가 아기를 안고 올라간다
주황빛 도는 빨강의 반소매 티셔츠가 올라간다
24시간 편의점 문 안쪽은 평화롭고 고요하다
아무런 일도 일어나지 않았다.

염화미소

경부고속도로가 끝나
한남대교 진입 중
지금은 오후 한 시 반이다
너의 집 앞을 지나고 있다
휴대전화를 만지작거리는 사이
자동차는 쌩하니 달려
저 먼저 다리를 건너가고
놓쳐버린 시간의 한 조각이
강물 속으로 곤두박질한다
전화기에 눈이 가고
벨소리가 나진 않았는지
잠시가 천 년

갑자기
휴대폰이 울기 시작한다
화면에 뜨는 네 이름 석 자
너도 울고 싶은 거지?
하지가 가까운
초여름 어느 날.

여름 한낮 레퀴엠

기계에만 맡겨 놓는다고 잔디밭의 고요한 평화가 완성되는 것은 아니다 누군가 악역을 해야만 한다 장갑 낀 손에 삼지창을 들고 꽃 부삽을 들고 마당으로 나가 눈에 띄는 연둣빛 풀들의 모가지부터 휘어잡는다 너무도 쉽게 제 땅을 포기하는 어린 것들! 견고한 땅에 머릴 처박고 달래도 얼러도 협박을 해도 도무지 끌려 나오질 않는 덩치 큰 것들 도마뱀처럼 부러 다리 하나 내어주고 중한 몸뚱이는 슬쩍 흙 속에 감추는 교활한 목숨 저 잡것들 언제 여기에 왔는지 알지 못한다 어떻게 여기까지 오게 되었는지 그 점 아는 바 없다 새끼의 새끼를 치고 뻔뻔스런 낯짝으로 둘러앉은 질긴 잡초의 가족들을 뽑아내면서 저들의 생명도 존중해 줘야 하는 것 아닐까 잠시 생각하다가, 나중에는 잔디밭의 조요한 아름다움을 위해 안녕과 질서를 명분삼아 이방의 것들은 모조리 숙청하기로 결론을 내고 마는 것이다 이로써 한쪽에선 생명 환희의 찬가를 다른 한 귀퉁이에선 생을 포기당해야 하는 것들의 레퀴엠 저리디 저린 여름날 저녁 해는 길기도 하여라.

랭보를 만나면 키스할 거야

앙리 루소를 만나면 〈잠자는 집시〉에 출연한
그의 숫사자의 기특함을 칭찬할 거야
구르팽을 만나면 그의 손에 손을 포개고 싶어
모차르트를 만나면 그의 밝은 뺨 위에다
내 뺨을 올려 놓겠어

고다르를 만나면
제레미 아이언스를 만나면
애태타를 만나면 발을 굴러도 좋아
푸르스트를 만나 서늘한 그의 이마를 훔쳐
정중한 입맞춤을 하고야 말겠어
에꽁 쉴레를 만나면 뛰어 오른다
피노키오를 만나면 코가 길어질 때마다
덮어놓고 삿대질 할 거야
돈끼호테를 만나면
파우스트 영감을 만나면
후끈한 가슴을 열어도 좋다

한 아름의 시간이 지나가고

옛날 얘기 그리워질 때
그 때 당신을 만나면
볼사리노 모자를 가만히 벗겨
내 왼손에 들고서
왼손에 들고서.

하늘 공원에서

속은 썩고 있을 망정
새파란 풀과 작은 나무
이름 모를 꽃들을 피워내고 있는
난지도는 특별하다

특별시 시민들이 쏟아놓은
온갖 악취 나는 오물들 속에서
엄청 바쁘게 움직이고 있을
미생물, 너희들도 참 특별한 존재다

유기물과 무기물이
생물과 무생물이
궁극에는 나와 네가
비로소 하나가 되는 이 흙

수십 년 하늘만 바라고 살다
억새 우거진 들판
여기 풍향계 아래
오늘은 제법 땅 밑이 궁금하다.

지금은 입을 다물어야 할 때

내가걸어가기시작했을때억새들은양옆으로갈라서며환
하게새길을내어주고있었다죽었다살아온형제를맞이하
듯눈물겨운몸짓으로바람을일으켜나의귀에대고우우우
앓는소리까지했다그환한새길을몇발자국걷다그만억새
수풀속으로숨어들었다저햇살눈부심을감당할수없었던
것모세가백성들을이끌고빠져나간홍해의바닷길처럼거
룩해보이기까지한그길에다내발의못난흔적을내려놓을
수없었던것어쩌면좋으냐수십년입으로뱉어낸독어쩌면
좋으냐소화되지않은채내다버린배설물어쩌면좋으냐새나
무공기물돌너희들을사랑하는법조차모르고있는막돼먹은

　이사람어쩌면좋으냐.

사람이라서 복잡하다

의자몇개테이블서너개네가앉아있고너의건너편에내가
그는내옆으로앉아오른다리를왼다리무릎위에다포개고
클라리넷을뛰우는건반악기수선화일곱송이마이웨이가
위스키! 손가락만한잔에넘치도록따르고향을불러내입
술로가져간다음혀를 r자로굴려천천히식도로흘려보낸
다알코올의순진무구한긴여행알알한살부드런공기가잠
깐비틀거리고순순히반쯤눈을감는내장맑은유리잔속의
빙산을마신다사람이라서복잡하다촛불이가물거리고창
가까이다가온별무리가운데그비너스서늘한미소로지금
이적막을깨트리고그리하여그곳으로부터불어오는돌개
바람이내정신의가장연약한부분을치고들어와사정없이
흔들어댄다나의자히르는어디에? 하냥이겨낼수없는미
세한떨림까지나고개숙인다어쩌면너도사람이라서운다.

소나기

불볕더위에
돌멩이들도 땀을 흘리는
한낮에 비가 한 차례
하늘이 열리면서
전화기 벨소리 청명하다

눈꺼풀에 매달린
잠의 무게를
사분사분 털어주는
그대 목소리도 젖어있다

수락산 활엽수
빈 몸들에 비옷을 입혀주는
빗방울 너머의 음성을 접수한
나 화선지 위 먹물모양
바깥으로 쏴— 하니 튕겨져 나아간다.

달리는 봄

아저씨가 수면총을 쏩니다. 목표는 꽃사슴, 한 마리가 쓰러집니다. 우리에서 끌려나온 짐승의 눈을 수건으로 가립니다. 뿔을 자릅니다. 잘 생긴 저 뿔을 자르다니(얘야, 더 강하고 아름다운 뿔을 위해 지금 이 뿔은 잘라줘야 하는 거란다) 불쌍한 사슴! 방울방울 고이는 사발에다 아저씨는 활명수를 흘려 넣습니다. 따뜻한 피, 사슴의 체온이 알코올기와 함께 산을 넘어 갑니다. 산수유 꽃 노랗게 폭발하는 봄.

딱!

내 이마빡이라도 깨지는 줄 알았다
땅이라도 갈라지는 걸까
순식간에 벌어진 일은
백 일된 아가의 볼기 같은
어여쁜 밤톨 하나가
속세로 내려앉는 신고식이었던 것

수십 년 신발 바꿔가며 걸었지만
공것을 얻어 보긴
오늘 난생 처음이다
(이 선물은 분명 좋은 징조 같다)

내 손 안에 지구덩이가 들어있다.

은총

앉은뱅이 꽃의 노래를 듣는다 앉은뱅이 꽃의 시집을 읽
는 것 같다 촛불은 가만히 흔들리고, 전나무에선 크리스
마스 별들이 반짝이는 밤 창 밖 길가엔 눈들이 앉은뱅이
꽃 무더기를 이루고 있다 앉은뱅이 꽃의 노래를 듣고 있
자니 그 밤이 생각난다 자인 성당 그 마루턱에 걸터앉아
지우개로 지워가던 너와 나의 밤 우리는 포도주를 맛깔
나게 들이켰다 그 시간 속에 우리 함께 있음이 은총이었
다 아무런 말도 하고 있지 않았다 시집을 넘기는데 오래
된 그 성당의 상수리 나뭇잎 7장이 테이블 위에, 시집 속
에 내려앉는다 앉은뱅이 꽃의 노래가 허밍으로 건너는
이 밤, 창밖엔 아직 눈이 내린다 영혼만 남은 그 갈잎이
은총이었다.

오래된 코트

옷장 서랍을 비운다
내가 너였고 네가 바로 나이기도 했던
사십 년을 버린다

후레쉬맨으로 우리 처음 만났을 때
고압의 전류가 서로의 심장을 관통했다
단번에 우린 하나가 되었다
나의 단단했던 보호막
내 인생을 패셔너블하게 아름답게 받쳐준 조연
너를 버린다

곰팡이꽃이 하얗게 핀 너의 살결을 어루만지며
받기만 했던 살뜰한 정
그의 일백분의 일도 갚지 못한 게을렀던 맘을 버린다

살이 트고 갈라진
이젠 어떤 영양제로도 복원이 안 되는 나의 겨울
캥거루 가죽 밤색 코트, 정녕 나를 버린다
마지막으로 질긴 집착도 잘라 버린다.

우수절에

이른 아침 산길을 간다
계곡 위론 한 자락
흰 노방의 띠
그 천의 자락이 고물거리는 저 끝에
잠이 덜 깬 나무들
아기단풍 측백나무 아카시아 너도밤나무
겨드랑이에 새순이 돋는다
이 산 여기 저기서
마지막 겨울잠을 털어내는
벌레들의 기침소리

오소리가 까만 눈을 동그랗게 뜬다
햇살 퍼지기 직전의
고요한 산길
나무들의 넓은 차양에 매달리는
신생의 공기방울들
방울방울 긴 머리칼을 적신다
아무런 말도 하지 않으리
슬픔의 안개 걷히는 숲 속.

3부

갈라파고스에 가보셨는지요

군함새가 하늘에다 점을 찍고
부비새 태연히 앉아 알을 품는 곳
저기 갈라파고스의 터줏대감
바다이구아나들이 햇볕에 몸을 말리고 있군요
검은 바위 등에 졸린 듯 엎드려
발가락을 꼼지락거리는
라이트후트 게의 붉은 갑옷이 깜찍한
그 이사벨라 섬에 가보셨는지요

다이빙 포인트에서 입수
천천히 원을 그리며 유영합니다
15m 고래상어를 내가 따라갑니다
이 세상에서 제일 큰 점박이 물고기
나를 쫓아옵니다
이때만큼은 행복 지수 $100+\alpha$
호기심 많은 장난꾸러기 곰치
카메오와 함께
귀상어떼를 기다리는 시간
저기 큰 거북의 등을 청소해 주고 있군요

잭 물고기의 사촌인 스틸폼파노들

텃새인 핀치 새의 부리는
지금도 진화중이랍니다
저기 육지이구아나가 빨간 선인장 열매를 먹고 있군요
시계는 선사시대에서나 볼 법한
생물과 풍경을 있는 그대로 보여 줍니다
찰스 다윈의 그 섬
갈라파고스 제도에 가보셨는지요.

재규어 파이프

뭐가 좋을까 생각하다 문득 파이프가 떠올랐다. 백과사전을 펼쳤다 들장미 뿌리로 만들어 진 것이 최상품이라는 것, 그것도 100년이 훨씬 넘은 게 명품이라는 것 등등의 사전 지식을 머리에 넣고 외출 준비를 했다.

재규어들이 우리 안에 갇혀 있다. 가까이 다가가자 내 눈초리를 서로 잡아당기는 바람에 두통이 다 날 지경이다. 예술성, 견고성, 경제성 이런 순서로 훑어보던 내가 점을 찍기 무섭게 주인의 손은 이미 유리장의 자물통에다 열쇠를 들이밀고 있다. "후회하지 않으실 겁니다." 그는 자신 있게 포장했고 쿠바산 연초를 한 움큼 덤으로 가방에 넣어 준다.

날쌔게 먹잇감을 사냥하는 재규어처럼 불꽃의 혀와 이빨은 담뱃잎을 물어뜯고 있다. 중심을 허물어가며 100년의 고독을 와락와락 집어 삼키고 있다.

아이스 호텔

강이 얼기를 기다려 그 두께가 1m가 넘으면
얼음을 1㎥크기의 벽돌로 만들어
얼음궁전을 짓는다
객실엔 얼음조각의 예술품을 들여놓고
얼음침대엔 짐승의 털을 씌운다
벽과 벽 사이에 전선을 깔고
연회장 천장에 거대한 샹들리에도 설치한다.
밤마다 파티를 즐기고
주일엔 미사를 올리고
특별한 결혼식을 위해
1년 전 이미 예약을 했다는
스웨덴의 젊은 남녀 한 쌍의 인터뷰
(여기에 장례식은 없다)
시절이 바뀌어 바람이 따뜻해지면
강물이 조잘대기 시작하면
궁전은 해체 된다
조금씩 천천히 녹아내려 강물에 합류하는
얼음궁전

내일은 서둘러
모나리자 조각상이 있는 방을 예약해야 겠다

아가풍으로
— 캐리비안 베이 세인트 토마스 아일랜드

열흘 밤과 낮 물 위를 미끄러지며
내달려 너에게로 간다
금성의 그림자 희미해지고
안개 서둘러 산에서 내려오는 이 때
오, 꿈꾸는 처녀여
바람에 부탁해
너의 루비 입술에 입 맞추게 하면
간신히 배꼽만을 가린
새틴 이불자락 걷어내면 그리하여
다소곳이 발치에 앉아
분홍 발 어루만지게 하면
사파이어 블루,
바닷물 색으로 출렁이는 눈동자 보여 주겠니
앙증스런 젖가슴은,
에메랄드보다 더 차갑게 빛나는구나
검고 긴 머리칼 위에다 그이가
다이아몬드 왕관을 올려놓으시리니
언제나 깨어있으라, 보석 섬
아름다운 처녀여.

오리엔트 비치
— 캐리비안 베이

진흙덩어리 둘
서로의 갈비뼈를 부딪히며
정답게 손잡고 걸어간다

부끄럼 모르는
신성한
이브의 아래 녘

잘 구워진
아담의 생물에 내리는
신의 메시지를
그들은 운송하면서
여기를 지나
약속의 땅으로
영원의 수레바퀴를 굴리며
걸어가고 있다.

명왕성 2006. 8

너를 보면서
명성황후를 생각 한다
단칼에 목이 베인
천수를 다 하지 못한 운명을
아니 인간의 오만함을
저들의 알량한 지식의 횡포를

삶의 질서와
간판을 위한 명명은
인간세계에서나 통할 일
우주에
언제나 그 자리를 지키고 있는
별들은 그대로 두어라
처음 본 그때의 놀라움과 설렘을
별들에 바치고 싶다

자연을 소모시켜가며
삶을 연장하는
위대한 인간의 종족들

명왕성 PLUTO
너를 보면서 명성황후를 생각 한다
내 이름 석 자를 나직이 불러 보는 거다.

그 여자 구룡폭포

몸 하나 겨우 빠져 나간다
좁다란 금강문
계곡에 흐르는 물줄기
정반대로 거슬러 올라간다

낭떠러지에 간신히 버티고 선
철심줄
몇 발작 떼면
아련한 물냄새
그 기억의 사다리를 밟고 올라간다

그 여자 낭창한 몸매
흔들릴 적마다
번개 우뢰 다녀가신다

— 보물은 깊숙한 곳에 숨겨 놓아야 한다
외할아버지의 말씀
내 정신의 중심
금강산 구룡폭포.

뉴저지

지금이 몇 시인 줄 나는 알겠다
새벽 4시에서 30분 그 사이
아직은 깜깜한데
새들의 지절거림으로 숲은 떠들썩하다
나무들을 깨우고
공기를 흔들어 바람을 일으키고는
또 가뭇없이
새들은 어디론가 날아간다

무대 위의 암전 같은
적막도 잠시
사람들은 갑자기 소리를 내기 시작한다
쓰레기차가 왔다 가고
먼데선 다리를 건너는 기적소리
직장인들의 분주한 발자국
문 여닫는 소리
자동차 시동 거는 소리

새벽 4시에서 30분 그 사이.

펜타곤 가는 길

너를 만나러 가는 길
아직도 갈 길은 7할이나 남았는데
탄수화물, 지방, 단백질
적당한 섬유질의 퍼즐 한 조각
눈물 젖은 빵이
오늘 나의 일용할 양식이다

엥거스 햄버거를 먹는다
옛날 함부르크의 상인들이 베어 물던 빵조각
그보다는 훨씬 진화된
햄버거를 두 손으로 지그시 눌러
한입 가득 잘라 먹는다

남의 살을 먹는 건 아리다
남의 피를 마시는 건 슬프다
그러나 따뜻하다
나의 창자가 즐거워하므로
나의 허기진 눈빛이 밝아지므로

아마도 이제는 네가 잘 보일 것이다
길이 보일 것이다.

베드로처럼 말하다

박태기 꽃 붉은 마음으로 흘렀어라

조팝나무 떨기모양 희디 흰 창공,

꽃이 뜨고 달이 뜨고

마음이 뜬 봄밤!

오, 더불어 쑥도 뜯었네

봄날의 아름다운 어지러움

천국이 행간 속에

킹 제임스 버전으로
말씀을 적는다
알파벳 하나, 쉼표, 마침표
정성을 다해 받아 적는다
GENESIS—
나는 남자로부터 나왔다
이름은 EVE
대지의 어머니
내가 존재하는 까닭이다

말씀을 되새김질하며
그윽한 음성을 기다린다
내가 가 닿아야 할 곳
천국은 말씀과 그 말씀 사이
행간 속에 숨어 있구나!

킹 제임스 버전으로
말씀을 적는다
내 몸에다 한 자 한 자 새기는
창세기.

부활의 아침

몸이 향기로운 꽃봉오리였을 때
그 꽃 이파리
낱낱이 흩어져 떨어지는 일
상상도 못했습니다

몸이 타오르는 불꽃이었을 때
그 심지 다하도록
흘리는 눈물의 못물
생각도 못해봤습니다

죽음을 걸어 잠근
돌문이 열리듯
이제,
진흙덩어리 이 몸
부수겠습니다
저의 손바닥에도
굵은 대못을 박아주십시오
못 자국 선명한
이 두 손으로

주님의 잔에
붉은 포도주를 딸아 올리겠습니다.

포도나무에게

울고 싶은 날 시를 쓰거라
시는 네 마음
네 정신의 방향芳香
꽃을 피워 열매를 기다리자면
한 세월이 소리 없이
네 등을 비껴 갈 것이다

고단한 그의 무릎에 엎드려 울고 싶은 날
모차르트를 들으며 시를 쓰거라
시는 네 양심
너의 부끄러운 노란 꽃
그 꽃 대궁 올라와
씨방에 단단히 한 순간이 들어앉으면
그때에 비로소 너는 자유로우리

네 이름
영원이란 칼날로 베어버리고 싶은 날
포도나무야,
네 주인을 위해 시를 쓰거라

선홍색 피가
고통으로 말미암아 하얀 진액으로 흘러내린 골고다
너의 시를 십자가 형틀에 못 박아라
참 포도나무야.

의정부
— 학의 날개같이 비상하는

좌左 수락의 맑은 물
우右 도봉의 푸른 기운 뻗어내려
학의 날개같이 고고한 땅
예서 금강산도 멀지 않아
평안하고 그윽하여 살맛나는 도시
의정부라 이름하네

옛날 그 옛날
내 할아버지의 할아버지 임금님이
함흥에서 한양으로 가는 길에
조용히 며칠 밤 머물다 돌아간
작은 절
회룡사回龍寺는 사패산의 보물이라네

강희안 김시습 박세당 천상병
자연스럽게 수락산 자락에 안겨
만년에 정신의 꽃 만발하였으니
새파란 눈의 아이들
이제로부터 진정으로 수락을 노래하고

도봉을 위하여 살겠네

순진무구한 사람들
지난 삶의 빛깔은 따뜻했다고
내일의 꿈을 펼쳐 얘기하네
나팔소리 지축을 울리는
학의 날개같이 비상하는 이 땅
의정부라 이름하네.

충만함의 기억이 기른 순연純然한 감각들

한 영 옥(시인 · 성신여대교수)

1

　밀란 쿤테라의 소설『불멸』의 앞부분쯤 매혹적인 여 주인공 아네스에게 그의 아버지가 생전에 들려준 시 한편이 소개된다. 널리 알려진 괴테의「나그네의 밤노래」다. 이어서 작가는 자신의 목소리로 다음과 같은 구절을 일러준다.

　"시의 소명은 어떤 놀라운 관념으로 우리를 현혹하는 데 있는 게 아니라 존재의 한 순간을 잊을 수 없는 것이 되게 하고 견딜 수 없는 향수에 젖게 하는 데 있다."

　시에 대한 가장 매혹적인 아포리즘이 아닐까한다. 이 매혹적인 일침에 접하여 과연 한 편의 시로부터 받았던 감동의 실체가 무엇이었던 가를 분명하게 깨달을 수 있을 것이다. 그런데 이 아포리즘은 오래전 리처즈가『시와 과학』에서 설파했던 구절과 잘 섞여든다.

"경험 그 자체, 즉 마음 속을 휩쓸고 간 충동의 조류가 말의 원천이요. 승인인 것이다. 그것들은 이 경험 자체를 표현하고 있는 것이지 어떤 한 벌의 지각이나 반성을 표현하고 있는 것은 아니다."

리처즈가 말하고 있는 '경험 그 자체'가 '말의 원천'이라는 것은 바로 잊을 수 없는 한 순간의 체험이 보존되는 기제가 곧바로 시적언어라는 것이겠다. 또한 한 편의 시는 읽는 이를 변화시켜야만 한다고 생각하는 그에게 '존재의 한 순간을 잊을 수 없는 것이 되게 하는 것'으로서의 시인의 '경험 그 자체'가 독자에게 젖어들며 '견딜 수 없는 향수'를 불러일으키는 회로를 떠올릴 수 있겠다.
시란 무엇인가라는 광범위한 질문 대신에 시란 무엇이어야만 하는가라고 단적으로 질문했을 때, 이상의 인용들은 매우 요긴한 해답을 준다. 시의 정체성을 적절히 일깨워주고 있기 때문이다.

2
위의 글들은 이 수영의 시편들을 읽어 갈 물길을 내기 위한 것이었다. 그의 시편들은 인용한 글에서 추정되는 시의 정체성들과 잘 만난다. 그는 시를 통해 어떤 반성이나 관념을 담으려 하지 않고 포근하게 에워싼 가족과 그리고 삶 속에서 조우한 지인들을 순연한 감각으로 상기해낸다. 혹은 시적 대상과 마주친 그 순간의 풍성한 감각을 그대로 내어 놓는다. 이렇게 하여 그의 감각 안에 스며든 대상들은 하나같이 따뜻하고 맑으며 튀어오를 듯 신선하다. 그 가운데서도 시인은 고요한 분위기 속으로 대상들을 그러모으며 '존재의 한 순간을 잊을 수 없게' 하면서 아련한 향수를 추동한다. 이렇게 하여 그의 시 전편에 면면하게 흐르는 명랑함과 아련함의 이중주는 풍요롭고 아늑했던 유년의 기억이 연주해내는 것이라고 볼 수 있다. 따라서 가족들을 모티프로한 일련의 시들은 그의 시정신을 가늠케하는 지표가된다. 그런 의미에서 「잣불 축제」는 이번 시집의 원천이 되기에 족하다. 이 시는 동시처럼 어린아이의 목소리를 빌어 유년의 기억을 매우 사실적으로 그려 보이고 있는데 이수영의 시편들은 내내 이 시의 분위기를 거느리며 응축되곤 하는 것이다. "할머니와 아버지 엄마와 우리 형제들이 응접실에 둘러앉았습니다"로 시작되는 이 작품은 대보름 전날 밤의 평화로운 가정의 이미지로 충만되어 있다. 시인은 기억의 상을 구체화시키기 위해 가감없는 산문적 목소리를 차용, 상황의 리얼리티를 한껏 높인다. 이 밖에도 「흑단의 눈물」에서의 아버지, 「어머님께 말씀드리죠」에서의 어머니, 그리고 「그런 사랑 하나」에서의 동생을 향한 온화하고 애틋한 사랑의 마음들을 통해 우리는 그의 시가 작동되는 방식을 알아내기에 충분하다. 가족에 대한 충만한 사랑의 기억을 유지하는 시인의 감각은 늘 신선하면서도 선량한 기제로 작동되기에 이른 것이

다. 이와 같은 순연한 감각에 닿는 순간 세계는 곧 바로
맑고 선한 것으로 스스럼없이 펼쳐질 수밖에 없다.

> 연하고 순한 빛깔의
> 부추를 한 닢 두 닢 딴다
> 처음부터 그랬고
> 지금도 날탕내 진동하는
> 날 것을 한 줌 가지런히
> 편지봉투 속에 넣는다
> 에어백으로 포장한다
>
> 봉투 안은 편안하다
> 나의 신앙을 드릴 일만 남았다.

-「순한 선물」 전문

　본문 중에 선물이란 말을 한번도 사용하지 않으면서
선물의 이미지만을 오롯하게 조형해내고 있다. 모름지
기 선물이란 "연하고 순한" 것일 때 그 의미가 깊이 충전
된다. 터 밭에서 기른 몇낱의 부추잎을 "한 닢 두 닢"따
는 그 행위 자체가 이미 선물일 것이다. 더구나 그것은
편지봉투 속에 넣어지고 다시 에어백으로 포장되면서
의미를 계속 충전해간다. 그리고 마침내 "나의 신앙"으
로 변성되기에 이른다. 여기서 선물은 주는 것이어도
좋고 받는 것이어도 좋다. 다만 선물의 진정성을 내세우
는 절차가 필요할 뿐이다. 마음이 오고 가는 그 미세하

고 고운 결의 무늬가 가지런히 정렬된 부추 닢으로 떠오
르는 감각적인 작품이라 하겠다. 이수영은 이렇듯 사람
과 사람 사이에서 오고가는 사건들을 순하고 가지런하
게 정돈해서 내어 놓는데 명수다. 말한 대로 이는 유년
시절 충만한 삶의 기억이 길러낸 순연한 감각에서 비롯
하는 것이리라.

    살색은 여전히 고요하나

    형형한 눈빛은 단호한 말씀을

    – 마지막은 있는 법이죠,

    여린 흰 손이 한라봉을 쪼갠다

    – 작은 게 훨씬 맛이 좋군요?

    목소리가 달다

    – 수삼잣죽의 레시피는 어떻게 되죠?
–「권진규의 비구니」 전문

    권진규의 작품 〈비구니〉가 연상되는 한 인물의 인상
과 그의 목소리가 새어나오고 있다. 이수영의 감각이 한
껏 팽창되어 있는, 그 진경을 고요하게 그려내고 있는

89

아련한 분위기의 작품이다. 화자의 목소리와 한 인물의 목소리가 동시에 울려오는 이 시는 감각적인 인상들이 잘 내세워져 있다. 고요한 살색, 형형한 눈빛, 여린 흰손, 단 목소리를 통해 펼쳐낸 시 속의 인물은 생의 여운을 끌면서 삶의 의지를 고요하게 흘린다. "마지막은 있는 법이죠"의 단호함과 아울러 "수삼잣죽의 레시피는 어떻게 되죠?"라고 말을 돌리는 인물의 모습은 잊을 수 없는 존재의 한 순간으로 아프게 각인된다. 이렇듯 시인은 그의 경험적 사실에 대해 의미를 애써 입히기 보다는 경험 그 자체를 언어로 옮기며 자신의 감각에 닿은 생생한 삶의 분위기를 펼쳐 놓을 뿐이다. 이로써 시인은 순수한 사랑의 감각에 닿았던 사람의 향기를 한껏 발산시키면서 신산스런 삶을 높이곤 하는 것이다. 이는 시인의 의도라기보다는 자연스럽게 한 편의 시가 베푸는 효과 그 자체로 현현한다. 이쯤에서 실제로 시인이 주변 사람들과의 인연에 얼마나 큰 무게를 싣고 있는가를 확인해보는 것도 좋겠다.

최현
김영태
신현정 이탄 목순옥 전숙희 박완서

서울을 다시 쓴다. 이제 나는 서울의 지도를 다시 그린다
올라갔다 내려갔다 성가셨던 구름다리 대신 흙을 편안히

밟고
　건널목을 건너간다 이제 내 수첩 속의 살아 있는 이름들의
　지도를 다시 그린다 내 손으로 지울 수 없는 운명들, 이
름들
　앞에 용서를 구한다 삭제하는 만큼 새로이 채울 이름들
은 없다
　빈 들판에서 서울의 한 귀퉁이 역사를 다시 쓴다.
－「서울을 다시 쓴다」 전문

　이 시에는 그가 평소 가까이 지냈을 법한 여러 인물들이 나열되어 있다. 서울이라는 공간 속에서 오고가며 정을 틔웠을 그들은 이제 고인이 되었다. 살아있던 사람들이 사라지고 구름다리가 사라지면서 서울은 이전의 서울이 아니다. 지인들과 함께 정을 나누었던 서울은 지인들의 사라짐과 더불어 이제는 낯선 곳으로 서먹해지고 말았다. "빈 들판"으로 환기되는 서울의 지도를 다시 그리면서 또다른 삶의 사건들을 맞이해야 하는 것이다. "역사를 다시 써"야 하는 화자의 심정은 담담한 듯 그려져 있지만 배면의 쓸쓸함은 놓칠 수 없다. 지인을 잃은 막막한 심회를 소박하게 그려냄으로써 간절함의 눈빛을 작품 밖에서 배가시키고 있는 것이다. 시인의 순연한 마음자리가 잘 읽히는 작품이다. 「해제」에서도 같은 모티가 운용된다. "언제나 구부정한 어깨엔 숄더백을 걸치고/ 230밀리의 굽있는 구두를 신던/ 볼사리노 모자가 사라졌다"에서와 같이 담담한 목소리로 흘려보내는 사

람에 대한 아련한 정은 사람에 대한 기본적인 신뢰와 연관된 것이다. 시인은 사람을 겁내지 않고 어린애처럼 성큼성큼 다가서고 손을 뻗는다. 그런데 시인은 그의 시선 안으로 들어온 인물을 연민으로 그러안으면서도 정작 자신의 그리움은 머뭇머뭇 감춰버리는 그런 자세를 취하기도 한다. 이때 이수영의 시는 사뭇 서러움의 여운을 길게 남긴다. 「랭보를 만나면 키스를 할 거야」와 같은 경우가 좋은 예다. "앙리 룻소를 만나면 〈잠자는 집시〉에 출연한/ 그의 숫사자의 기특함을 칭찬할 거야./ 구르팽을 만나면 그의 손에 손을 포개고 싶어…" 와 같이 계속 명랑하게 이어지는 목록 속에 정작 랭보는 쉽게 등장하지 않는다. 그의 명랑한 목소리와 발랄한 몸짓이 멈칫멈칫해지는 끝 부분에서 "그때 당신을 만나면/ 볼사리노 모자를 가만히 벗겨/ 내 왼손에 들고서 왼손에 들고서"를 통해 유보해온 랭보의 실체가 겨우 드러날 뿐이다. 여기서 랭보는 시인의 그리움을 키워간 어떤 인물로 상정될 수 있다. 제목에서 당당하게 제시된 랭보는 본문 속에서 이렇듯 그리움의 몸짓을 유발시키는 하나의 아련함, 그것으로 작용할 뿐이다. 사실 그리움 혹은 연모의 실체가 이러할 것이다. 그리움의 현주소를 부각시키는 절차를 마치 요정의 걸음걸이처럼 사뿐하게, 그러면서도 엷은 빛깔로 보여주는 작품이다. 시인은 이렇듯 가슴 쓰릴 안타까움마저 맑고 곱게 정렬하여 읽는 이의 마음에 순하게 스며드는 기량을 많은 시편들에서 보인다.

"은세공銀細工이 아름다운 지팡이가 말하네요/ 다음 정거
장에서 만나면 되는거죠 (「지팡이의 말」)"에서처럼 그의
대부분의 시편들은 솔직하면서도 다정한 어법으로 운용
되는 까닭이다.

　3
　이제 정렬된 순연한 감각의 경험들, 특히 사람에 대한
정스러움이 더욱 높은 밀도로 축조된 시편들이 발하는
긴장의 아름다움에 닿아보기로 한다. 여기서 우리는 잊
을 수 없는 삶의 한 편린을 섬세하게 떼어내 보이는 그
의 가느다란 떨림을 감지할 수 있을 것이다.

　　모리스 코르샤코프의

　　울음 떨어지는 바이올린으로

　　세헤라쟈데를 듣는다

　　불멸의 시를 써가며

　　목숨 부지하는

　　지상의 한 영혼.

－「세헤라쟈데를 듣다」 전문

지극히 말을 아끼면서 침묵의 행간을 늘리고 있다. 침묵 가운데서 잊을 수 없는 존재의 한 순간이 가늘게 그러나 선명하게 각인된 작품이다. "울음 떨어지는 바이올린"과 애처롭게 하루치의 이야기로 목숨을 이어가는 세헤라쟈데의 운명은 불멸의 시를 꿈꾸는 시인의 영혼, 그것이기도 할 것이다. "목숨 부지하는/ 지상의 한 영혼"으로서의 시인의 내면이 울음같은 바이올린 곡조를 깔고 서서히 클로즈업된다.

박태기 꽃 붉은 마음으로 흘렀어라

조팝나무 떨기모양 희디 흰 창공

꽃이 뜨고 달이 뜨고

마음이 뜬 봄밤!

오, 더불어 쑥도 뜯었네,

봄날의 아름다운 어지러움.
─「베드로처럼 말하다」 전문

이 시 역시 앞의 경우와 같이 긴장미가 두드러져 있다. "꽃이 뜨고 달이 뜨고/ 마음이 뜬 봄밤!"은 무거운 대지를 떨치고 솟아오른 봄의 공기를 한껏 마시게 해준

다. "더불어 쑥도 뜯었네"는 이 시의 압권일 것이다. 봄
날의 충만함이 더불어 '쑥도' 뜯었다는 탄성을 통해 그득
하게 차오르기 때문이다. 온통 떠 오른 것들로 미만해
있는 "봄날의 아름다운 어지러움"이 읽는 이에게 잘 스
며든다. 흐르고, 뜨고, 뜯는, 어지러움의 감각을 총동원
하여 봄날의 정황을 생생하게 구체화시킨 긴장미가 돋
보이는 작품이다. 시인이 이처럼 감각적인 단상을 응축
하는데 익숙한 것은 천부적인 예리함도 있으려니와 무
엇보다 오브제와의 천진스런 대면을 몸에 푹 익힌 때문
이라 본다. 메타포엠이라 불러 족할 작품「감각」을 통해
이와 같은 그의 시관을 슬쩍 엿볼 수도 있겠다.

> 적당한 어둠의 농도로
> 얼어 있는 마음을 따뜻하게 안아주는
> 얼그레이 티를 닮은 시,
> 아라미스 향이 덮쳐 올 때면
> 성감대가 부풀어 오르는 그런 시가 좋아
> 좋아서 부레가 된다.
>
> — 「감각」 부분

　"성감대가 부풀어 오르는" "부레가 된" 자신의 감각을
가감없이 대상에 얹는, 시인의 특장을 스스로 시로써 표
명하고 있다. 따뜻하고 다정하며 그러면서도 독자의 성
감대를 건드려 삶을 유순하게 정돈하도록 추동하는 것이

바로 그의 시라고 할 수 있기 때문이다. 이제 그를 일러 "분자와 분자가 만나 일으키는/ 푸른 꽃, 광에네르기 (「환승역, 그 폭포」)"의 섭리를 마음자락에 깔고 세상 것들의 환한 얼굴을 찾아주려는 시인이라고 말해도 좋겠다.

4

이상으로 이수영의 시편들에 물길을 내고 그 물길을 따라가며 그의 순연한 감각이 건져낸 수확물을 가까이서 맛볼 수 있었다. 이 글의 서두에서 「잣불축제」에서의 풍요로운 기억의 힘이 그의 시를 내내 끌고 다닌다고 말했었다. 이제 시인은 '잣불축제'를 주도했던 할머니에 대한 기억을 어느덧 자신의 손자에 대한 애틋한 사랑으로 다시 점화하고 있다. 그리하여 「가슴으로 쓰는 시」에 이른 것이다. "잠시 고요해진 틈에/ 할머니는 손자의 방으로 갑니다/ 아가의 이마 위에 손을 얹고 기도 합니다"– 이렇듯 시인은 손자를 위한 기도를 통해 불멸의 영혼을 연마하게 되었다. 그렇다면 이수영의 이번 시집은 「잣불축제」와 「가슴으로 쓰는 시」의 둥그런 자장 안에서 응축된 결과물이라 할 수 있겠다. 이 따뜻한 자장 안의 시편들은 진솔하고 가지런하여 시의 품위를 한껏 보여주고 있으니 읽은 이에게 삶의 순리를 넌지시 가리켜 보인 셈이 되었다. 물론 어떤 강요도 없이, 다만 순연한 감각의 아련한 무늬로써만.